你在想什麼？
À quoi penses-tu?

文/圖 樓弘・莫侯 Laurent Moreau　　譯 尉遲秀

步步出版

瑪克馨在她的幻想世界冒險。

安娜葉兒有一些甜蜜的願望。

蘿莎莉愛上安東尼。

瑪迪厄很快樂，沒有為什麼。

瑪莉超級愛嫉妒。

有時候，海倫需要獨處。

艾希克的腦子裡有一小段音樂。

安娜覺得悲傷。

羅宏希望夏天快點來。

阿玫的夢還沒完全醒。

蘿拉跟著書裡的故事飛上天。

魯西昂想起童年，心裡柔情滿滿。

季勇快要氣炸了。

瑪希雍幻想她在鄉下散步。

珂洛汀對每個人都有一些想像。

尼古拉什麼都不想。

榮恩滿腦子都是工作。

每個人的腦子都會想一些事, 輕盈的,
或沉重的⋯⋯我也一樣!